숲을
그린이에게

숲을 그린이에게

초판 1쇄 2024년 11월 27일

글   유순희
그림   오승민
편집   김희전
디자인   노랑신호등

발행인   김희전
발행처   반달서재
출판신고   제2020-000219호
주소   06611 서울시 서초구 강남대로69길 8, 케이아이타워 1038호
팩스   02-6403-1012
이메일   bandalseojae@naver.com
인스타그램   instagram.com/bandalseojae_publisher

ISBN 979-11-986983-2-2 73810

숲을 그린이에게

유순희 글 | 오승민 그림

반달
서재

밤입니다.

일화동 23번지 샛별빌라 3층에 그린이가 살고 있습니다. 그린이는 일하러 나간 엄마를 기다리고 있습니다. 올 때가 한참 지났는데도 오지 않고, 전화해도 받지 않아서 무슨 일이 생긴 건 아닌지 걱정되었습니다.

샛별빌라로 이사 온 건 석 달 전입니다. 아빠는 여러 가지 사업을 했는데 잘되지 않았습니다. 그때마다 아빠는 사라졌다 한참 뒤에 돌아왔습니다. 그렇게 돌아온 아빠는 마지막으로 베트남에서 일해 보겠다며 집까지 팔아 떠났습니다. 엄마는 더는 아빠를 기다리지 않겠다며 살던 데를 떠나 이곳으로 왔습니다. 일 층이 세차장이라 소음이 커서 다른 집보다 월세가 훨씬 싸다고 했습니다.

그린이는 엄마가 오는지 살펴보려고 창밖을 내다보았습니다. 부슬부슬 비가 내리고 있었습니다. 전봇대 갓등 아래로 떨어지는 가느다란 비가 은실처럼 빛났습니다.

어느새 왔는지 엄마가 세차장 문턱에 앉아 있었습니다. 그린이는 후다닥 일 층까지 내려가다 엄마를 놀라게 해 주려고 출입문에서부터 까치발로 살금살금 다가갔습니다. 그런데 엄마는 양팔에 얼굴을 묻고 울고 있었습니다. 아주 작은 새 울음처럼요. 그린이는 너무 놀라 막대기처럼 서 버렸습니다.

무슨 말을 해야 할까요? 엄마가 울고 있는데요. 엄마의 울음이 그칠 때까지 기다리는 수밖에요.

눈앞에 보이는 건 맞은편 숲뿐이었습니다. 밤이라 숲이 까맣게 보였습니다. 까만 숲에는 까만 나무가 살고, 까만 색종이 같은 꽃이 피고, 까만 공기가 떠다니고, 까만 흙 알갱이들이 떨어져 있을까요?

저 숲을 처음 보게 된 건 전학 온 첫날이었습니다. 쉬는 시간이었지만 친구가 없어서 어디에 눈길을 둬야 할지 몰랐습니다. 마침 숲이 눈에 들어왔습니다. 자신의 눈길을 받아 주듯 숲에서 작은 새가 거침없이 날아올랐습니다.

그린이는 다음 날부터 숲을 오래 쳐다봤습니다. 어느 날은 숲 전체가 흔들렸는데 경쾌한 왈츠를 추는 듯했고, 어느 날은 잎새 하나도 꿈쩍하지 않았습니다. 자기 얼굴을 봐 줬으면 좋겠는데, 아무리 쳐다봐도 돌아보지 않는 무심한 친구의 뒷모습 같았습니다.

어느새 그린이는 아이들과 친해져 숲을 보는 시간이 점점 줄어들었습니다. 그런데 모든 아이와 친해진 건 아니었습니다. 반에서 몸집이 가장 큰 아람이가 괴롭히기 시작했습니다. 보드게임 할 때 원래 아이들이 자기랑 했는데 그린이가 온 뒤부터는 자기를 뺀다면서요.

어느 날 아람이가 신발주머니를 휘두르며 쫓아왔습니다. 그린이는 내달리다 도망갈 데가 없어 숲으로 들어갔습니다. 낮인데도 어두컴컴한 숲이 무서운지 아람이는 더는 쫓아오지 못했습니다.

숲은 밖에서 봤을 때보다 훨씬 넓었습니다. 어느 곳을 보아도 초록이어서 자신도 초록으로 물드는 것 같았습니다.

그린이는 굴러다니는 초록 공처럼 숲 여기저기를 돌아다녔습니다. 그러다 청설모와 딱 마주쳤습니다. 청설모는 얼음땡을 할 때 술래에게 잡히기 전 "얼음!"이라고 외치고 그 자리에 멈춘 것처럼 두 발로 선 채 굳어 버렸습니다.

"먼저 가."

그린이가 말했지만, 청설모는 겁에 질린 듯 눈동자가 뱅글뱅글 돌고, 빗자루 같은 꼬리도 덜덜 흔들렸습니다. 그린이는 이상해서 고개를 갸웃했습니다. 예전에 본 청설모들은 마주치면 재빨리 나무를 타고 도망갔거든요. 그래서 모든 청설모는 사람을 만나면 다 그렇게 도망가는 줄로만 알았습니다. 그런데 이 청설모는 왜

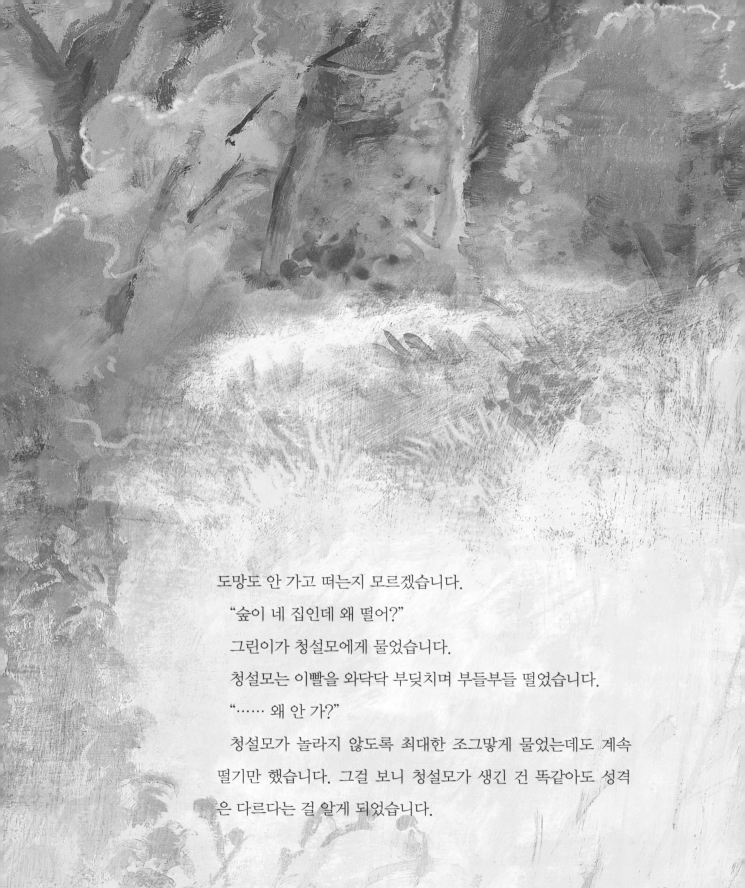

도망도 안 가고 떠는지 모르겠습니다.

"숲이 네 집인데 왜 떨어?"

그린이가 청설모에게 물었습니다.

청설모는 이빨을 와닥닥 부딪치며 부들부들 떨었습니다.

"…… 왜 안 가?"

청설모가 놀라지 않도록 최대한 조그맣게 물었는데도 계속
떨기만 했습니다. 그걸 보니 청설모가 생긴 건 똑같아도 성격
은 다르다는 걸 알게 되었습니다.

그때 엄마가 떠올랐습니다.

엄마는 어른인데 유난히 겁이 많았습니다. 작은 벌레가 신발에 밟혀 죽은 걸 봐도 쩔쩔매고, 한밤중에 '뿌앙' 하고 달리는 오토바이 소리에 놀라 눈이 똥그래지기도 했습니다. 친구들 이야기를 들어 보면 이런 이유로 겁먹는 엄마는 없는 것 같아서 이상하다고 생각했습니다. 하지만 벌벌 떠는 청설모를 보니 '아하, 엄마라고 해서 모두 강한 건 아니구나. 겁보 엄마도 있구나.' 싶었습니다. 수수께끼가 풀린 것 같아 개운했습니다.

그린이는 조심조심 뒷걸음질을 치며 나무 뒤로 숨었습니다. 청설모는 그린이의 모습이 보이지 않자, 그제야 안심이 됐는지 다른 곳으로 가 버렸습니다.

집으로 돌아온 그린이는 오늘 청설모와의 만남을 그림으로 그렸습니다. 그리고 다음 날 학급 게시판에 붙였습니다. 아이들은 청설모가 바들바들 떠는 걸 처음 봤다며 키득키득 웃었습니다.

그린이는 청설모를 엄마에게 보여 주고 싶었습니다. 엄마가 겁보 청설모를 보게 된다면 웃음을 참지 못할 테니까요……. 그 겁보 청설모는 지금 숲 어디쯤에 있을까요?

엄마의 울음소리가 잦아들자, 그린이는 자기가 옆에 있다는 걸 알려 주려고 어깨에 손을 갖다 댔습니다. 엄마는 고개를 약간 들고 혼잣말처럼 중얼거렸습니다.

"식당 일을 나간 첫날인데…… 그만 나오라고……."

엄마는 집에서 살림만 하다 보니 변변한 직장을 구하기 힘들다고 했습니다. 그나마 갈 만한 데는 식당, 마트였는데 일을 못해서 열흘을 넘기지 못하고 쫓겨났습니다.

"오늘은 왜요?"

그린이가 물었습니다.

엄마도 그린이가 이렇게 물어봐 주길 기다렸습니다. 엄마에게 "왜?", "무슨 일 있어?"라고 물어봐 주는 사람이 아무도 없었거든요. 엄마는 오랫동안 살던 동네를 떠나서 이곳으로 이사 왔기 때문에 새로 사귄 이웃도 없었고, 친한 친구마저 호주로 떠나 이야기를 나눌 사람도 없었습니다.

17

"오늘 간 데는 뷔페식당이었어. 손님들이 간 뒤에 청소를 하는데, 호스를 들고 주방 바닥에 물을 뿌리다 미끄러졌어. 장화를 신어서 미끄러웠는지……. 그 모습을 본 사장이 내일부터 나오지 말래……."

바닥이 미끄러우면 넘어질 수도 있는데, 그것 때문에 나오지 말라고 하다니, 야속한 마음이 들었습니다. 그린이는 엄마 대신 사장님한테 억울하다고 말하고 싶었습니다.

"바닥이 미끄러우면 넘어질 수 있지. 엄마 잘못이 아니에요."

그린이가 그렇게 말해 줘도 엄마의 목소리에는 힘이 하나도 없었습니다.

"비쩍 마른 데다 넘어지기까지 했으니…… 힘든 일을 척척 해낼 것 같지 않아 보였겠지……. 이제 어떤 일을 찾아야 할지 모르겠어……. 다른 사람들이 그럭저럭 해내는 일도 내가 하면 엉망이 돼. 상가 청소도 그렇고……."

얼마 전 엄마는 상가 청소도 해 보았습니다. 하지만 청소할 때 쓰는 약품 냄새가 너무 독했는지 계속 기침을 해 댔고 다음 날엔 두통이 심해서 일어나지도 못했습니다. 엄마는 그때 일이 떠올랐는지 고개를 흔들며 말했습니다.

"난 너무 약해. 약한 게 너무 싫어."

엄마는 자신이 약해서 싫다고 하는데 그린이는 엄마가 약한 사람이라고 생각하지 않았습니다. 엄마의 사랑까지 약한 건 아니니까요.

　　엄마는 그린이를 자주 안아 주었는데, 그럴 때면 은하수가 펼쳐진 것처럼 엄마 품은 한없이 넓고 포근했습니다. 그리고 엄마는 그린이의 사소한 말도 허투루 듣지 않겠다는 듯 언제나 귀를 기울여 주었습니다. 어찌나 마음을 다해 듣는지 엄마의 몸이 그린이를 향해 기울어지곤 했습니다.

　　엄마의 그런 모습은 자신이 아주 중요한 말을 하는 대단한 사람처럼 느껴지게 했습니다. 그린이는 지금이야말로 엄마에게 아주 중요하고 대단한 말을 해 줘야 할 것 같다고 생각했습니다. 하지만, 어쩌죠. 아무 말도 떠오르지 않아 숲만 쳐다보았습니다.

그러다 숲에서 본 딱정벌레가 떠올랐습니다. 딱정벌레는 아주 느리게 먹이를 향해 가고 있었습니다. 그린이 눈에는 아주아주 느려 보였지만, 제 딴에는 최대한 속력을 내며 가는 듯 힘에 부쳐 보였습니다. 이윽고 딱정벌레는 땅에 떨어진 나방의 유충을 신중하고 진지하게 갉아 먹었습니다.

'딱정벌레가 자신의 속도에 맞춰 최선을 다하는 것처럼, 엄마도 자신의 힘에 맞는 일을 찾아보면 안 될까?'

그렇게 엄마에게 말해 주려고 할 때, 엄마가 어둠 속에서 혼잣말을 했습니다.

"이제 정말 막막해."

그린이는 막막하다는 말이 정확하게 어떤 뜻인지 몰라 엄마에게 물어보기로 했습니다.

"막막한 게 뭐예요?"

엄마는 잠깐 고민하더니 이렇게 말했습니다.

"음……. 아주 크다는 거지. 어떤 게 엄마 앞을 가로막고 있는데 너무너무 커서 넘어갈 자신이 없어."

엄마 말에 아람이가 떠올랐습니다. 몸집이 큰 아람이가 자기 앞에 있을 때 도무지 이길 수 없다는 두려움이 들었습니다. 그게 막막하다는 것인가 봅니다. 아람이는 여러 가지 방법으로 그린이를 괴롭혔는데 이런 식이었습니다.

두 장의 종이를 내밀며 그린이에게 하나를 뽑으라고 합니다. 한 장에는 '주먹', 다른 한 장에는 '꽝'이 쓰여 있습니다. 주먹을 뽑으면 상대방을 때릴 수 있고, 꽝이 나오면 때릴 수 없답니다. 그런데 언제나 그린이가 뽑으면 꽝, 아람이가 뽑으면 주먹이 나왔습니다. 어제도 그렇게 아람이에게 등을 두들겨 맞았습니다.

아람이가 미워서 실컷 때려 주는 상상도 해 봤지만, 되레 아람이 얼굴만 계속 떠올라서 마음은 더 짓눌렸습니다. 그래서 그린이는 숲으로 갔습니다. 나무와 곤충을 보다 보면 아람이가 잊히곤 했으니까요.

숲을 돌아다니다 나뭇가지 사이에 새알이 들어 있는 둥지를 보았습니다. 하얀 새알의 끄트머리만 보이는데도 너무너무 신기했습니다. 그런데 뱀이 새알을 먹으려고 나무를 기어오르고 있었습니다. 그린이는 무서워서 도망쳤습니다. 그런데 머릿속에서 하얀 새알이 자꾸 걱정되었습니다.

'알 속에 든 새끼가 죽을 텐데……'

구해 주고 싶었지만 자신이 없었습니다. 그때 샛별빌라로 이사 온 첫날, 엄마가 짜장면을 먹으면서 해 준 이야기가 떠올랐습니다.

27

"그린아, 웃긴 이야기 해 줄까?"

엄마는 종종 웃긴 이야기라며 이야기를 들려주었는데 웃길 때도 있고, 웃기지 않을 때도 있었습니다. 그린이는 웃기지 않아도 열심히 들어 주었습니다. 엄마가 모험을 떠나는 아이처럼 신나서 말했기 때문입니다.

"이 빌라가 왜 벽돌로 지어졌는지 아니?"

그린이가 진짜 궁금하다는 표정으로 엄마를 쳐다보자, 금세 이야기를 할 것 같던 엄마는 조용히 입을 다물고 그린이의 눈을 쳐다보았습니다. 엄마의 눈빛은 무슨 말을 하고 있는 걸까요. 그린이는 엄마의 눈동자를 유심히 들여다보았습니다.

'예전에 아빠가 옷 가게를 하다 망한 뒤에 사라졌어. 한참 있다가 나타나서는 너 입히라고 점퍼를 주고 가더라. 근데 옷이 너무 커서 입힐 수가 없었어. 네 옷 사이즈도 모르는 무지함에 놀랐지만, 그것도 사랑이라고 믿었어……. 얼마 전 아빠가 우리 살던 집을 팔아 푼돈만 주고 사라진 날 깨달았어. 사랑은 도망가는 게 아니란 걸. 내가 믿었던 사랑은 가짜였어.'

그린이는 엄마가 무슨 말을 하는지 알 수 없었습니다. 그래서 빨리 웃긴 이야기를 해 달라고 졸랐습니다. 그제야 엄마는 차분하게 말해 주었습니다.

"그린아, 사랑하는 것을 지켜야 할 때는 무서워도 도망가면 안 돼. 도망가려는 마음은 가짜야. 가짜를 만났을 땐 벽돌을 빼서 짱돌 날리듯 던져 부숴야 해. 그렇게 하라고 이 집이 벽돌로 지어진 거야."

그날의 기억이 떠오른 순간, 그린이는 새알을 구하고 싶은 자신의 마음을 지키고 싶었습니다. 그게 진짜라는 생각이 들었습니다. 그린이는 돌멩이 몇 개를 주운 다음 바위로 올라가 뱀을 향해 돌멩이를 던지기 시작했습니다.

퍽, 팍, 탁, 툭.

뱀은 놀라서 나무에서 스르르 내려오더니 수풀로 들어갔습니다.

그때 신기하게도 아기 새가 새알을 깨고 나왔습니다.
샛노란 털이 머리에 몇 가닥 나 있었습니다. 그린이는
너무나 기뻐 가슴이 아플 지경이었습니다. 나무,
풀, 꽃, 버섯, 딱정벌레도 같이 벅차하는 것 같
았습니다.
　　숲이 그린이에게 말했습니다.
　　"넌, 참 크구나."
　　그린이는 놀라서 숲에게 물었습니다.
　　"내가 커? 어째서?"
　　"이 숲에 있는 모든 것들을 합쳐도 새를 구할 수는 없을 테니까.
그러니 네가 숲보다 크지."
　　숲은 그렇게 말하고는 입을 다물어 버렸습니다.

다음 날이었습니다.

그린이는 자신의 몸이 매우 커졌다는 느낌이 들었습니다. 거울 속 자신의 키는 그대로인데 커졌다는 느낌이 드는 건 왜인지 모르겠습니다.

점심시간이었습니다. 아람이가 바지 주머니에서 또 종이 두 장을 꺼냈습니다.

"하나 뽑아."

그린이는 어떤 게 뽑힐지 조금도 두려워하지 않는 아람이의 태도가 수상했습니다. 그래서 재빨리 아람이 손에 든 종이 두 장을 빼앗아 펼쳤습니다. 모두 꽝이라고 쓰여 있었습니다. 아람이가 지금까지 그린이를 속인 겁니다. 아람이도 부끄러운지 얼굴이 새빨개졌습니다.

그린이는 꽝과 주먹을 각각의 종이에 쓰고, 이리저리 섞어 아람이에게 준 다음 다시 뽑았습니다. 주먹이 나왔습니다. 드디어 아람이를 주먹으로 때릴 기회를 얻게 되었습니다.

"빨리 때려."

아람이가 툴툴대며 책상에 엎드렸습니다. 한 번은 꼭 패 주고 싶었던 커다란 등짝이 눈앞에 있었습니다. 그린이의 심장이 요동쳤습니다. 불끈 주먹을 쥐고 힘껏 때리려는데, 바닥에 자신의 그림자가 보였습니다. 숲처럼 커 보였습니다. 아람이의 등은 새알처럼 작아 보였고요. 그린이는 자기도 모르게 새알을 만지듯 아람이의 등에 살포시 손을 갖다 댔습니다. 그러자 얼마나 아플까 잔뜩 긴장했던 아람이가 온몸을 비틀며 웃어 댔습니다.

"야아, 간지러워……. 크크, 히히히."

덩치 큰 아람이가 귀엽게 느껴져 그린이도 웃음이 터졌습니다.

지금도 귓가에 아람이의 웃음소리가 들리는 듯합니다.

그린이는 숲을 가리키며 엄마에게 물었습니다.

"저 숲보다 커요?"

엄마는 그린이가 가리킨 숲을 쳐다보았습니다. 엄마는 어떻게 말해야 할까 생각해 보았습니다. 막막함을 크기로 생각해 본 적은 없었으니까요. 어둠 때문에 숲이 다 보이지 않았지만, 숲의 크기를 헤아려 보려고 애썼습니다.

"저 숲보다야……."

그린이가 다그치듯 물었습니다.

"저 숲보다 작아요? 커요?"

엄마의 목소리가 움츠러들었습니다.

"저 숲만큼 클 것 같은데……."

그린이는 엄마의 목을 두 팔로 감싸안았습니다. 지금이야말로 아주 중요하고 대단한 말을 해 주어야겠다고 마음먹었습니다.

"……엄마."

그린이가 엄마를 불렀습니다. 엄마는 그린이의 말 조각을 하나도 빠뜨리지 않겠다는 듯 귀를 기울였습니다. 더, 더…… 그렇게 기울이다 보니 그린이의 가슴에 엄마의 머리가 살포시 닿았습니다.

"엄마…… 제가 숲보다 커요. 숲이 그랬어요."

숲은 크고, 그린이는 숲보다 큽니다.

엄마는 그린이의 말을 무겁게 받아들였습니다.

숲보다 큰 그린이에게 기대도 될 것 같았습니다.

엄마는 고개를 들어 숲을 쳐다보았습니다. 나무도 자고, 꽃도 자고, 새도 잠든 것처럼 숲은 고요했습니다. 모두 밤에 자야 하는 건 낮에 해야 하는 일 때문입니다. 나뭇잎은 산소를 만들어야 하고, 새들은 둥지를 틀어야 하고, 꽃은 자기만의 빛깔로 물들어야 하고, 곤충은 알을 낳아야 합니다. 그렇게 각자 살아가는 일을 몸으로 그려 내야 하니까요. 그린이가 숲을 그리는 것처럼요.

"숲에 가고 싶다. 까마득히 잊고 있었어."

엄마가 말했습니다. 그린이가 아기였을 때, 엄마는 마음이 헛헛하면 숲에 가서 나무에게 말을 걸었습니다.

"회양나무야, 안녕! 커다란 메타세쿼이아 옆에서 작은 몸집으로도 잘 버티는구나……."

숲은 쌉싸름하고 그윽한 향기로 엄마의 허기진 마음을 배부르게 해 주었습니다. 마치 잘 살아가라고 자신의 힘을 내어 주듯이요.

엄마가 세차장 문턱에서 일어나 그린이에게 말했습니다.

"숲에 갈까?"

"밤에는 안 가 봤는데……. 엄마랑 같이 가면 좋아요."

그린이는 엄마 손을 잡고 숲으로 가면서 말했습니다.

"엄마, 숲에 은빛 물고기가 있어요. 지금은 자고 있을 거예요."

"숲에 물고기가 있어?"

엄마가 놀라서 물었습니다.

그린이는 숲에서 본 은빛 물고기 이야기를 들려주었습니다.

교실 모퉁이에 둥근 탁자가 있습니다. 탁자 위에는 작은 어항이 놓여 있는데, 그 안에 실버샤크 다섯 마리가 살았습니다. 몸이 은색이라서 은빛 물고기라고 불렀습니다.

아이들은 은빛 물고기들의 특징을 살려 이름을 지어 주었습니다. 몸집이 가장 커서 통통이, 지느러미에 까만 줄무늬가 있어서 까망이, 눈이 커서 왕눈이, 꼬리를 잘 흔들어서 살랑이, 점프를 잘해서 힘찬이였지요.

얼마 전, 수업을 마치고 복도로 나가는데 민우가 어항 앞에서 초콜릿을 먹고 있었습니다. 민우는 남자아이들이 초콜릿을 달라고 하자 나눠 줬습니다. 그런데 아람이가 달라고 하자 주지 않고, 아람이의 눈을 쳐다보며 맛있게 초콜릿을 먹었습니다. 더 먹고 싶게요.

"야, 왜 나를 쳐다보면서 먹어?"

"내 맘이지."

그 말에 아람이는 화가 나서 축구공을 민우에게 던졌습니다.

민우는 재빨리 피했고, 축구공이 어항을 쳤습니다. 그 바람에 어항은 와장창 깨지고 은빛 물고기들이 쏟아져 버둥댔습니다. 아이들은 겁에 질려 모두 도망쳤습니다.

아람이는 은빛 물고기를 살리고 싶었습니다. 급한 마음에 물고기를 창문턱에 올려놓고서 수돗가로 달려가 바구니에 물을 담아 왔습니다. 그런데 은빛 물고기는 사라지고 없었습니다. 창문으로 거센 바람에 불었는데 아마도 바람에 휘말려 가 버린 것 같았습니다.

다음 날부터 아이들은 아람이를 마주치면 은빛 물고기를 죽였다며 등을 돌렸습니다. 아람이는 아무도 자기랑 놀아 주지 않자 쉬는 시간이면 바닥에 혼자 앉아 물통을 돌렸습니다. 바닥에 떨어지는 물통 소리가 시끄러워 아이들은 이맛살을 찌푸리며 지나갔습니다. 아람이도 재밌어서 하는 건 아닙니다. 가만있으면 은빛 물고기들이 떠올랐습니다. 자기가 좋아했던 통통이를 죽였다고 생각하니 자꾸 몸에서 힘이 빠져나갔습니다.

그날, 그린이는 숲에 갔습니다.

한 번도 가지 않았던 숲 왼쪽으로 깊숙이 들어갔습니다. 가다 보니 커다란 참나무가 보였고, 그 아래 홀로 노란 꽃이 피어 있었습니다. 참나무가 무성한 가지로 그늘을 만들어서 노란 꽃이 시들지 않게 해 주었습니다. 참나무 뒤에 작은 샘이 있었는데 은빛 물고기들이 동동대며 헤엄치고 있었습니다.

"와! 통통이, 까망이, 왕눈이, 살랑이, 힘찬이다!"

그린이는 너무 신기해서 샘물에 얼굴을 들이대고 통통이를 잡겠다고 두 손을 넣었습니다. 통통이는 잡히지 않겠다는 듯 하늘 높이 점프했습니다. 그러자 "나도 점프할래!"라고 하듯 살랑이가 점프했고, 그 뒤를 따라 왕눈이, 까망이, 힘찬이도 점프했습니다.

그린이는 점프하는 다섯 마리 은빛 물고기를 그려서 다음 날 학급 게시판에 붙였습니다. 아이들은 놀라서 소리쳤습니다.

"통통이, 힘찬이, 왕눈이가 다 여기 있네!"

"아람이가 은빛 물고기를 죽인 게 아니야."

아람이를 따가운 눈초리로 쳐다보던 아이들의 눈길이 한층 누그러졌습니다. 아람이도 그린이가 그린 통통이를 뚫어지게 쳐다보다 기쁨이 차올랐습니다. 아람이는 처음으로 작고 부드러운 목소리로 그린이에게 말했습니다. 통통이가 점프하는 걸 보고 싶다고, 숲에 데리고 가 달라고 했습니다.

그린이가 엄마에게 은빛 물고기 이야기를 다 들려줄 때쯤 숲 입구에 다다랐습니다. 엄마와 그린이는 숲으로 들어갔습니다.

멀리서 볼 때는 나뭇잎도 까맣고, 공기도 까맣고, 꽃도 까맣다고 생각했는데 그렇지 않았습니다.

가다 보니 저만치에 참나무가 보였습니다. 참나무가 어찌나 굵은지 가지가 사슴뿔처럼 뻗어 있었습니다.

그린이는 걸음을 멈추고 엄마에게 말했습니다.

"엄마, 저기 참나무는 엄청나게 커요. 오백 살도 넘었을걸요? 우리 저기까지 가봐요."

엄마는 참나무를 쳐다보다 무슨 생각이 났는지 걸음을 멈추고 생각에 잠겼다가
이렇게 말했습니다.

"그린아…….. 엄마는 저기 참나무까지 일직선을 긋고 선을 따라
걸어가듯이 인생도 그렇게 일직선으로만 걸어가고 싶었어.
이리저리 헤매면서 살고 싶지 않았어. 그런데 가고 싶지 않은
길도 가게 되고, 자꾸 헤매게 돼……."

그린이가 고개를 갸웃했습니다.

"엄마, 숲에서는 삐뚤빼뚤 걸어가야 해요. 일직선으로만 가면 다른 길에 핀 꽃
이랑 풀은 보지 못해요……."

그린이의 말에 엄마는 처음으로 환하게 웃었습니다.

"그렇지. 일직선으로만 걸어가면 예쁜 꽃들도 다 보지 못하고 재미없지. 숲이니
까 삐뚤빼뚤 걸어 보자."

그린이와 엄마는 까만 숲속을 삐뚤빼뚤 걸어 다녔습니다.

숲에서 돌아온 엄마는 다시 일자리를 찾아 나섰습니다. 그러다 구청에서 거리의 정원사를 뽑는다는 공고를 보고 신청했습니다. 거리의 정원사는 길거리에 팬지, 국화, 채송화 같은 꽃들을 심고 가꾸는 일을 합니다.

엄마는 거리의 정원사로 뽑혀 낮에는 거리마다 꽃을 심고, 밤마다 식물에 관한 책을 열심히 읽으며 공부했습니다. 엄마가 심고 가꾸는 꽃들은 유난히 탐스러워 사람들은 길을 가다 멈추고 꽃을 쳐다보곤 했습니다.

오늘도 그린이는 창밖을 내다보았습니다.

세차장으로 차가 들어갑니다. 천장과 연결된 먼지떨이 기계가 우우웡, 회전하면서 차를 닦습니다. 굵은 호스에서 물이 콰르르르 쏟아집니다. 먼지를 뒤집어쓴 차는 멀끔한 신사처럼 깨끗해져 골목을 빠져나갑니다.

골목이 호젓해지자 그린이는 내일 학급 게시판에 붙일 그림을 그리기 시작했습니다. 아람이와 손을 잡고 숲으로 들어가는 모습이었습니다.

새로운 밤입니다.

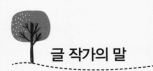

글 작가의 말

부슬부슬 비 내리는 밤이었습니다. 창가에 서 있던 친구가 밖을 내다보며 혼잣말처럼 말했습니다. "엄마는 울고, 아이가 엄마를 위로하고 있네." 그 말이 슬픈 시처럼 마음에 박혔고, 두 사람을 간직하게 되었습니다.

오랜 세월이 지나서야 그린이를 통해 두 사람의 이야기를 쓰게 되었습니다. 그린이는 자신이 숲보다 큰 존재임을 깨닫게 됩니다. 이것은 자연보다 우월하다는 뜻이 아닙니다. 우리가 생명을 지켜 낼 수 있는 존재라는 사실을 말하고 싶었고, 말로 표현할 수 없을 만큼 커다란 사랑의 힘을 보여 주고 싶었습니다.

때로는 보잘것없고 약해 보일지 모르지만 나는, 우리는 별보다 찬란하고 꽃보다 아름다운 존재임을 잊지 말았으면 합니다.

그린이와 함께 숲으로 들어가 눈앞에 펼쳐진 아름다움과 보이지 않는 아름다움까지 사랑스럽게 펼쳐 보여 주신 오승민 작가님께 깊은 감사를 전합니다.

2024년 가을
주의 사랑에 기대어, 유순희

58

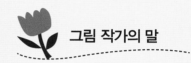 **그림 작가의 말**

그린이, 넌 특별한 이름을 갖고 있구나.
초록이며 그리는 사람이지.

홀로 숲을 걷는 너를 떠올릴 때면 조금 쓸쓸해지기도 했어.
네가 무슨 마음이었을지 알 것 같아서.
어떤 날은 그늘진 초록일 때가 있고, 또 어떤 날은 노랑 빛이 많이 묻은 날도 있겠지.
나이에 비해 웃자란 너는 엄마를 위로할 줄도 알고, 친구 마음도 헤아릴 줄 아는 따뜻한
초록이야.
그래서 너를 그리는 것이 좋았어.

오승민

『숲을 그린이에게』 작업에 도움을 준 음악 – 「너의 그림자」 / 선경

아이에게 엄마는 한없이 커다란 존재입니다. 세상 어떤 것보다요. 그런데 그 커다란 존재가 완전하지는 않습니다. 처음부터 엄마도 아니었고요. 아이가 언제까지나 아이가 아닌 것처럼. 가족이기에 서로를 품고 채워 줄 준비가 되어 있는데도, 우린 때로 그 마음을 끄집어내지 못합니다. 작고 여린 듯싶지만 단단해지는 그린이가 대견했고, 원고를 읽는 내내 그린이의 에너지를 많은 이들과 함께 느끼고 싶었습니다. 또한 작고 여린 듯싶지만 엄마의 깊은 사랑이 그린이를 단단해지게 했다는 사실도요. 유순희 작가만이 쓸 수 있는 글이었고, 마음에 차오르는 이야기의 감동을 화면으로 오롯이 펼쳐 줄 작가는 역시 오승민이라는 생각이 이 책의 시작이 되었습니다.